著作权合同登记：图字01-2022-3446号

Author: Naoko Awa, Illustrator: Naoko Minamizuka

Aoi Hana

Text copyright © 2021 by Naoko Awa

Illustrations copyright © 2021 by Naoko Minamizuka

First published in Japan in 2021 by Komine Shoten Co., Ltd., Tokyo

Simplified Chinese translation rights arranged with Komine Shoten Co., Ltd. through Japan

Foreign-Rights Centre/Bardon Chinese Creative Agency Limited.

图书在版编目（ＣＩＰ）数据

蓝色的小伞 / (日) 安房直子著 ; (日) 南塚直子绘;
孔阳新照译. —— 北京 : 人民文学出版社, 2023
（名家经典绘本）
ISBN 978–7–02–018075–2

Ⅰ.①蓝… Ⅱ.①安… ②南… ③孔… Ⅲ.①儿童故
事 – 图画故事 – 日本 – 现代 Ⅳ.①I313.85

中国国家版本馆CIP数据核字(2023)第119065号

责任编辑　卜艳冰　　杨　芹
装帧设计　李苗苗

出版发行　人民文学出版社
社　　址　北京市朝内大街166号
邮政编码　100705

印　　制　凸版艺彩（东莞）印刷有限公司
经　　销　全国新华书店等
字　　数　28千字
开　　本　889毫米×1194毫米　1/16
印　　张　2.5
版　　次　2023年8月北京第1版
印　　次　2023年8月第1次印刷
书　　号　978-7-02-018075-2
定　　价　59.00元

如有印装质量问题，请与本社图书销售中心调换。电话：010–65233595

名家经典绘本

蓝色的小伞

〔日〕安房直子 著　〔日〕南塚直子 绘　孔阳新照 译

人民文学出版社
PEOPLE'S LITERATURE PUBLISHING HOUSE

后街上，有一家小小的雨伞店，

店门口挂着一块大大的招牌"修理雨伞"。

下了很久的雨，今天终于放晴了，

小镇上坏掉的雨伞都被送进了这家店里。

客人们都说：

"请快点儿帮忙修好呀，不知道什么时候又会下雨呢。"

于是，从早晨起，伞店的老板就埋在小山似的雨伞堆里，

忙碌个不停。

伞店老板虽然是一位年轻人，

但手艺很出色，

所以天黑之前，就修好了许多把雨伞，

把它们还给了主人。

因此，今天他赚到了生平最多的钱，

是平时的三倍。

老板十分高兴地想着：

尽快修理一下屋顶，然后给窗户装上新窗帘吧。

给自己独居的二楼窗户挂上一副雪白的窗帘，

是他期盼已久的事情。

还要再买一盒油画颜料，还有新吉他，还有……

啊，他想要的东西还有好多、好多。

雨伞

第二天，老板出门去镇上买窗帘、颜料和新吉他了。

天空飘起了细细的、细细的雨。

到镇上还有好长一段路，

不过，伞店老板的心中满是喜悦。

先请人修一下屋顶，然后去百货商店……

伞店老板在心中全都计划好了。

于是，他脚步轻快地一心一意地走着。

到达小镇前的最后一个街拐角，

那里有一排低矮的篱笆。

伞店老板走到那里，

发现一个小女孩靠在篱笆边，

孤零零地站着。

伞店老板走过去后，又停了下来。

那个女孩穿着淡蓝色的衣服，

没有打伞，只是出神地看着远方。

伞店老板让女孩钻进他那把黑色的大雨伞下。

"你在做什么呢？"伞店老板问女孩。

女孩抬起头看着伞店老板。

这是一个大眼睛、皮肤白皙的女孩，

尤其是那双眼睛，大极了。

"没带伞吗？"

女孩点了点头，蓬松的短发摇了摇。

"你没有伞吗？"

老板又问了一遍。

女孩又点了点头。

"这样可不行呀。"

伞店老板只要一提到雨伞，就会比谁都更加着迷。

"就算是小孩，也得有自己的雨伞呀。"

这时，老板想起今天的钱包里装着沉甸甸的钱，

于是他心情愉悦地说：

"哎，小姑娘，我给你做一把新雨伞吧！"

小女孩高兴地笑了，说了声"谢谢"。

"我正准备到镇上，我们一起去挑一块适合你的雨伞布吧。"

于是，个子高高的年轻人和个子小小的女孩，

一同撑着一把大伞，

向镇上走去了。

雨还是下个不停。

老板和女孩在百货商店里换了好几次扶梯，

才到了卖布料的地方。

店里堆满了布料，就像布的海洋。

女孩看中了一块蓝色的布。

她用手指着那块布。

布的价格非常高，

比白色的窗帘布贵三倍！

不过，伞店老板还是高高兴兴地买了下来。

他觉得这可以做出一把漂亮的雨伞。

之后，伞店老板和女孩又到了

百货商店的顶层，

坐在大遮阳伞下的白色桌子旁，

喝起了冰激凌汽水。

"伞做好了就给你送去。

你的家在哪儿？"

伞店老板问女孩。

"那里就行。"女孩说。

"那里？"

"刚才拐角的地方。"

"那明天早上，那里见。"

两个人就这样约定好了。

伞店老板和女孩在街口
拐角的篱笆那儿分开了。
伞店老板比来的时候，
走得更急了。

快点回去，
做一把顶好的伞。
他心里这样想着，
把修屋顶、买白色窗
帘、买颜料和新吉他
的事，全都忘掉了。

那天回家后，

老板一直全心全意地做着雨伞，

工作到很晚。

直到深夜，

他才做好了一把蓝蓝的、蓝蓝的雨伞。

在杂乱的工作室里，

老板打开了那把小小的雨伞。

"样式不错，布也绷得紧，真是一把漂亮的雨伞。"

不过，雨伞这么漂亮，

还是因为那个女孩选了非常漂亮的蓝色呀，

既像是艳阳下大海的颜色，

又像是雨后晴天的颜色。

而且，一钻进这把雨伞下，

就好像躲在一座拥有蓝色屋顶的小房子里，

心情也奇妙地变好了。

"这把雨伞真是太棒了。"

年轻人一边说，

一边觉得自己的手艺真是太出色了。

第二天早晨，

伞店老板在街道拐角处见到了穿浅蓝色衣服的女孩。

"做好啦。"

伞店老板撑开蓝色的雨伞，

帮女孩打着。

雨滴落在绷得平整的崭新伞面上，

发出好听的声音。

"好像大海的颜色啊。"

女孩说。

"嗯，我也这么觉得。"

"撑着这把伞，就好像在一座有蓝色屋顶的小房子里。"

"啊，我也这么想的！"

伞店老板真是太开心了。

不过，这个蓝色的屋顶太小了，装不下两个人。

于是，老板敲了敲"房子"的门，说：

"小姑娘，你在家里做什么呢？"

……啊，多么棒的一把雨伞啊！

之后，女孩撑着伞回去了。

细细的、细细的雨一直在下。

从那天起，奇妙的事情发生了。

伞店老板回家后，发现店门口站着许多女孩，

都在等他回来。

"咦，你们要修雨伞吗？"

老板亲切地笑着问。

"不是。"一个女孩说，

"老板，我想要一把新雨伞。"

"新的雨伞？"

"嗯，请给我做一把蓝色的雨伞吧。"

"我也要。"

"我也要。"

"我也要。"

……

伞店老板实在太吃惊了，

一时说不出话来。

"请快点儿给我们做蓝色的雨伞吧。"

这些客人都下了订单，要求做新的雨伞。

于是，老板又去了镇上，

买回了蓝色的布料，

和做伞的其他材料。

从那天晚上起，

老板就一直坐在他的工作台前忙碌着，

连睡觉的工夫都没有了。

因为，想要定做蓝色雨伞的客人，

一个接一个地找上门来。

这样一来，不到十天，

雨伞老板就变成了一个非常有钱的人。

不久，全镇的女孩都撑起了蓝色的雨伞。

修理雨伞

有一天，在报纸的一角上，
登出了这样一则新闻：

今年的雨伞最流行的要数蓝色的了。
令人惊奇的是，
后街的一家小伞店定做的雨伞，
非常受欢迎。

读了这条新闻，
女孩们又陆续拥进雨伞店。
进不去店门的客人，
就在路边排起了长队，
队伍拐了许多弯儿，一直排到了小镇上。
在这些人里，
偶尔会有一些想要修雨伞的客人。
不过伞店老板一直心无旁骛地做着活儿，
连谁寄放了等待修理的雨伞，
都记不清了。

承做蓝色雨伞
谢绝修理

这天，老板叫来镇上的油漆匠，重新做了一块招牌。

新的招牌上，这样写着：

承做蓝色雨伞
谢绝修理

有时，会有客人来店里取之前送来修理的雨伞。

但是坏掉的雨伞，一把也没有修好。

"毕竟太忙了嘛。"

老板一直都这样回答。

像伞骨折断的或破了洞的雨伞，

他连看都不愿意看了。

不知从什么时候起，

雨伞店的屋顶焕然一新，

连二楼的窗户也换上了高级的蕾丝花边的窗帘。

而且，新颜料和栗子色的新吉他也被好好地放在房间的一角。

即便如此，蓝色雨伞的订单仍然源源不断。

有一天，来催修理雨伞的客人又上门了。

"哎呀，要修理伞吗？我实在太忙了，
你再等两三天吧。"

伞店老板头也不抬，就这样说道。

又过了十天。

报纸上刊登了这样一条广告：

> 下雨天，
>
> 就用柠檬色的雨伞吧。
>
> ○○百货商店

这下，情况会怎样呢？

从那天起，蓝色雨伞的订单眼看着减少了，

人们争先恐后地拥进了百货商店里的雨伞店。

没过几天，

全镇的女孩都打着在百货商店里买的柠檬
色雨伞。

再也没有一个客人，

会去后街上的那家小雨伞店了。

那个精疲力竭的年轻人，

呆呆地坐在只有招牌、屋顶和窗帘是崭新
的雨伞店里。

天空，又下起了细雨。

又一天，

店里来了一位被雨淋湿的小客人。

"您好。"

"啊，你是哪位？"伞店老板歪着

头问。

"我的雨伞，修好了吗？"

伞店老板仔细看了看客人。

浅蓝色的衣服，小小的个子……

好像在哪里见过……

大大的眼睛和蓬松的短发……

"呀，是上次的小姑娘！"
伞店老板终于想了起来。
不过他怎么也记不起，
她是什么时候把伞送来这儿的了。
他急急忙忙地在工作间里找了起来。
终于，他发现了那把蓝色的雨伞，
伞骨折断了，被扔在角落里。
"我找您好几次了。"
女孩的眼神里流露着悲伤。
"真是对不起。"伞店老板说。
"明天可以修好吗？"
"啊，一定修好。
明天一早就给你送过去，还在那儿见。"
伞店老板和女孩约好了。

当天晚上，

伞店老板认认真真地修理着女孩的那把坏掉的雨伞。

回想起来，

这还是他第一次真心诚意制作的雨伞。

在那之后，自己做了多少把雨伞，

他已不记得了……

而且，它的颜色既不像大海，

也不像天空。

它只是一把普通的蓝色雨伞，

怎么就突然风靡了整座小镇呢？

伞店老板心里想着，

不禁打起了冷战。

第二天早晨，

伞店老板抱着那把雨伞，

走出店门。

不久，他就在街道拐角处看到了女孩淡蓝色的衣服。

伞店老板跑了起来，在雨里飞奔着。

可是……

走近一看，篱笆那儿，一个人都没有。

看起来像蓝色衣服的原来是花。

在那街道拐角处的低矮篱笆上，

不知什么时候，

绣球花盛开了，

好似一个巨大的蓝色花球，

在雨中被淋湿了。

安房直子

　　1943 年出生于日本东京。日本女子大学国文专业毕业，学生时代开始发表儿童文学作品，充满幻想色彩的《风与树之歌》获得小学馆文学奖，《遥远的野玫瑰村》获得野间儿童文学奖，《风的旱冰鞋》获得新美南吉儿童文学奖。还有《兔子送来的芭蕾舞鞋》《奶汁烤菜婆婆和魔法鸭子》《温柔的蒲公英》等多部作品。1993 年去世。

南塚直子

　　1949 年出生于日本和歌山县。在匈牙利国立美术大学学习铜版画。铜版画绘本有《兔子送来的芭蕾舞鞋》《温柔的蒲公英》，以及《长颈鹿，你的脖子不冷吗》(获日本绘本奖)、《蒲公英直升机，转啊转》《小鸟是天空的雨滴》《地球是个旋转木马》等。2013 年入读京都嵯峨艺术大学的陶艺专业，学习陶艺版画。出版有陶艺版画绘本《月亮节的礼物》《下雪了》《大熊和小熊》等作品。